L'ABBÉ VALENTIN DUFOUR

UNE

QUESTION HISTORIQUE

1720—1868

PARIS
LIBRAIRIE DE P. ROUQUETTE
PASSAGE CHOISEUL, 63

1868

L'ABBÉ VALENTIN DUFOUR

UNE

QUESTION HISTORIQUE

1790—1868

PARIS

LIBRAIRIE DE P. ROQUETTE

PASSAGE CHOISEUL, 55

1868

UNE

QUESTION HISTORIQUE

1720—1868

Tiré à petit nombre sur papier vergé.

L'ABBÉ VALENTIN DUFOUR

UNE

QUESTION HISTORIQUE

1720—1868

PARIS
LIBRAIRIE DE P. ROUQUETTE
PASSAGE CHOISEUL, 63

1868

A LA MÉMOIRE

D'ISIDORE GEOFFROY-S^T-HILAIRE

Qui, le premier en France,

par son exemple et ses œuvres,

a doté les populations laborieuses d'un aliment sain,

d'une nourriture substantielle, d'une ressource

dans les mauvais jours.

TABLE DES MATIÈRES

DISSERTATION HISTORIQUE

SUR LA DÉFENSE DE MANGER

DE

LA CHAIR DE CHEVAL

Traduite du latin

DE J.-G. KEYSLER,

Membre de la Société royale des sciences de Londres,

PAR L'ABBÉ VALENTIN DUFOUR,

S.-Bibliothécaire de la Ville de Paris.

La lettre tue, l'esprit vivifie.

II, Cor., 3, 6.

AVANT-PROPOS

Depuis plusieurs années, des hommes dévoués ont cherché à faire entrer dans l'alimentation publique la viande de cheval, assurés des avantages qu'en retireraient les classes laborieuses. Depuis deux ans, leurs efforts ont été couronnés de succès, ils ont obtenu les plus hautes sympathies, mais aussi ils ont été en butte aux attaques les moins fondées. On aurait le droit de s'en étonner, si on ne savait l'empire tyrannique qu'exercent sur l'humanité l'ignorance et les préjugés. On ne saurait trop en combattre les effets, quand ils nuisent aux individus et aux masses. Récemment, en parcourant une bibliothèque choisie, notre attention fut captivée par un volume, assez rare en France, dans lequel on traitait des antiquités des peuples septentrionaux. Bien qu'écrit il y a plus d'un siècle, il pourrait ne pas être inutile à ceux qui s'occupent de ces questions, à notre époque à l'ordre du jour. Nous y avons vu, non sans étonnement, qu'on y répondait à des objections que récemment encore, chez nos voisins les Anglais, des esprits plus scrupuleux qu'éclairés faisaient en invoquant des préceptes reli-

gieux et des lois disciplinaires depuis longtemps tombées en désuétude. Nous avons cru utile de reproduire cet opuscule en français pour nos compatriotes, en latin pour les savants et les étrangers, et d'y joindre quelques notes et une courte notice historique sur l'alimentation par la viande de cheval. Si nous dissipons quelques préjugés, si nous prévenons l'erreur, nous aurons atteint notre but. Inutile de dire que, réduit au rôle de traducteur, nous nous sommes borné à faire passer dans notre langue la pensée de l'auteur, dont nous sommes loin d'adopter les idées, surtout dans ses digressions étrangères au sujet. Nous avons dû négliger les textes originaux, reproduits par Keysler dans un idiome étranger (dont les types ne se trouvent pas dans nos imprimeries), mais qu'il a traduits lui-même. Une ou deux fois, forcé de reproduire le mot technique, nous avons dû l'exprimer par des caractères équivalents. Quelques notes bibliographiques et historiques étaient nécessaires pour éclaircir le texte parfois lourd et recherché de l'auteur, qui devient dans ses digressions déclamatoire et illogique, mais qui, malgré ces défauts de forme, est un guide précieux en matière d'érudition, quand il se borne aux antiquités celtiques et scandinaves.

NOTICE HISTORIQUE

SUR

KEYSLER

KEYSLER (Jean-Georges), antiquaire, naquit en 1689 à Thurnaw (évêché de Bamberg), le 13 avril 1683. Après avoir étudié à Halle, il devint le précepteur des deux comtes de Giech, avec lesquels il parcourut l'Allemagne, la Hollande et la France. En 1716, il fut chargé de faire l'éducation des petits-fils du comte de Bernstorf, ministre de l'électeur de Hanovre. Deux ans plus tard, à Londres, où il les accompagna, il fut élu membre de la Société royale des sciences, après la communication de son mémoire sur la déesse *Néhalen*, divinité des anciens Germains qui présidait à la mer. En 1727, il conduisit ses élèves à l'université de Tubinge, et en 1729 leur fit entreprendre un long voyage à travers la Suisse, l'Italie, la Hongrie, la Bohême, l'Allemagne, la France, les Pays-Bas. Il accompagna, après son retour à Hanovre, le plus jeune des deux Bernstorf à Copenhague et à Ratisbonne dans une mission diplomatique dont il était chargé auprès de la Diète. Dans la suite, il se retira auprès du ministre de Bernstorf, qui lui confia l'administration de ses biens. Il vécut dans la retraite, occupé à coordonner ses notes. Il mourut au château de Bernstorf, le 21 juin 1743. On a de Keysler : 1° *Nouveaux Voyages*, etc., diversement appréciés, et que Winckelmann, au point de vue de l'art, ne jugeait pas dignes d'être cités. 2° *Antiquités celtiques et scandinaves*, qui renferment six dissertations : sur le monument de Salisbury; sur la déesse Néhalen (citée plus haut) et la mythologie des anciens Germains ; sur le gui des druides ; sur la défense de l'usage de manger de la chair de cheval (objet de cette publication), et les libations dans les sacrifices et les festins ; sur les fées, druidesses, etc.; enfin la description d'une urne sépulcrale, avec gravures. 3° *Du culte du Soleil, de Fréjus et d'Odin.*

DISSERTATION HISTORIQUE

SUR L'INTERDICTION

DE

LA VIANDE DE CHEVAL

SOMMAIRE.

1. On s'étonne que chez nous la viande de cheval soit interdite. — 2. La raison en est, non dans une prohibition de la loi mosaïque, mais dans les mœurs de nos ancêtres. — 3. Ils se servaient des chevaux pour les augures et autres superstitions païennes. — 4. Et surtout pour les sacrifices. — 5. Ces sacrifices étaient chez eux suivis d'un repas. — 6. Ils étaient passionnés pour la viande de cheval — 7. Telle est la véritable cause de cette prohibition. — 8. Conclusion. Moyen déplorable dont se sont servis les prédicateurs de la foi chrétienne pour l'implanter dans notre pays. La persécution en matière de religion est toujours odieuse.

1. Il m'est souvent arrivé de m'étonner qu'on ne mît pas la viande de cheval au nombre de celles dont nous avons coutume de nous servir pour sou-

tenir notre existence et flatter notre goût. Sans parler de la beauté et de la noblesse (A) qui distinguent cet animal, toutes les personnes qui, sans le savoir ou par nécessité, ont dû apaiser leur faim avec cet aliment, ont exalté sa saveur et son agréable douceur.

2. Ceux qui invoquent cette loi de Dieu, imposée au peuple d'Israël, qui défendait l'usage de la chair de cheval comme celle des autres animaux immondes, sont réfutés par l'oracle de la loi nouvelle : *Il n'y a rien d'impur pour les saints* (1), puisque nous avons impunément abandonné les autres articles de la loi dite *cérémonielle* (2). Il faut donc nécessairement qu'il y ait une autre raison qui ait détourné, au moyen âge, de cette nourriture, et je crois l'avoir trouvée dans nos antiquités nationales.

3. En effet, chez les nations les plus civilisées de l'Europe, et en particulier chez nos ancêtres, on voit les chevaux jouer un grand rôle, soit dans les sacrifices, soit dans les autres rites superstitieux des païens (B). Pour prédire l'avenir, nous avons le témoignage de Tacite dans son livre *Des Mœurs des Germains* :

« Ce qui est particulier à cette nation, c'est « l'usage de tirer de leurs chevaux des présages et « des avertissements. On nourrit à frais publics, « dans ces mêmes forêts et dans ces bois sacrés, « des chevaux blancs qu'aucun travail profane n'a « assujettis ; on les attelle au char du dieu ; le « prêtre et le roi, ou le chef de la cité, les accom- « pagnent et observent leurs hennissements et « leurs frémissements. Aucun auspice n'a un plus « grand crédit, non-seulement auprès du peuple, mais « auprès des grands et même des pontifes ; car ces « derniers se regardent comme les ministres des « dieux, et ils croient que ces animaux en sont les « véritables interprètes. »

Saxo(3), au livre 14 *des Rugiens*(4), et Krantz(5), au livre 5 *des Vandales*, rapportent : « On nourris- « sait, chez les Rugiens, un cheval sacré, blanc. « C'était un crime de lui arracher les poils de la « crinière ou de la queue. Le prêtre seul avait le « droit de le mener paître et de le monter, de peur « que l'emploi que l'on ferait de ce divin animal « ne parût l'avilir. Ils croyaient que par l'intermé- « diaire de ce cheval leur dieu se chargeait de la « conduite de la guerre contre les ennemis de leur « culte. La principale raison qu'ils en donnaient

« était que, bien que retenu de nuit dans son « écurie, il paraissait le matin couvert de sueur et « de poussière, comme si, au sortir d'un violent « exercice, il eût dévoré un long espace de chemin. « On consultait aussi l'avenir par le moyen de « ce cheval de la manière suivante : Lorsqu'on « avait décidé la guerre contre une province, par « les soins des prêtres, on plaçait devant le temple « trois rangées de lances, la pointe fichée en terre « et réunies en travers deux par deux ; un inter- « valle égal séparait chaque rang. Avant d'entrer « en campagne, à la suite de prières préparatoires « solennelles, le cheval, conduit par le prêtre, sortait « du vestibule. S'il passait les rangs préparés en « levant le pied droit avant le pied gauche, on en « tirait un heureux présage pour la guerre à entre- « prendre; mais s'il levait, même une fois, le pied « gauche le premier, on abandonnait le projet d'in- « vasion. On n'entreprenait une expédition mari- « time qu'après avoir constaté par trois fois consé- « cutives qu'il avait avancé du pied de bon au- « gure. » L'Index des superstitions joint au concile de Leptine (6) traite des *présages tirés soit des oiseaux, soit des chevaux, de la fiente des bœufs ou de l'éternument.*

4. Ils se servaient aussi, dans les sacrifices, de chevaux, tant de ceux qui étaient pris à la guerre (7) que des autres. Dès la plus haute antiquité, nos ancêtres offraient aux dieux les prémices de leurs récoltes; puis ils y substituèrent non-seulement des victimes prises dans leurs troupeaux, mais parmi les hommes. Pour les animaux, certains étaient réputés plus agréables à telle divinité en particulier. Outre le porc et le taureau, on immolait à Odin (8) un cheval. Il m'est permis de présumer que ce dieu ne répugnait pas aux autres sacrifices. Ditmar (9), parlant des Danois, dit : « Il existe dans ces « contrées (île de Séeland) un lieu appelé *Lederum*, « capitale de ce royaume, au pays appelé *Selon*, « où, tous les sept ans, au mois de janvier, à l'é- « poque où nous célébrons l'Épiphanie du Sei- « gneur, tous se rassemblent et sacrifient à leurs « dieux LXXXIX victimes humaines, autant de che- « vaux, de chiens, de coqs, croyant ainsi apaiser, « comme je l'ai déjà remarqué, les dieux infernaux. » Ce passage paraît avoir d'ailleurs été mal interprété dans les éditions ordinaires imprimées, qui ont supprimé les chevaux ; les meilleures leçons les condamnent facilement. Sturleson (10), dans la *Vie d'Aquin Adelstan* écrit : *Ils immolaient toutes sortes d'a-*

nimaux, et même et surtout des chevaux. Et dans la *Vie d'Olaüs* (11) : *Ils sacrifiaient des troupeaux et des chevaux*. Agathias le Scolastique (12), au livre 1er des *Actions de Justinien*, s'exprime ainsi : « Les « Allemands obéissent aux Francs, ils suivent les « mêmes lois, non la même religion. Ils invoquent, « pour se les rendre favorables, certains arbres, le « cours des fleuves, les montagnes, les vallées, leur « offrent des sacrifices, leur immolent des che- « vaux et d'autres animaux, auxquels ils coupent « la tête. » Harthnoch, dans ses *Antiquités de Prusse*, attribue les mêmes mœurs à ses habitants. Hérodote en dit autant des Scythes.

5. On suspendait dans les bois sacrés les cadavres des hommes et des chiens sacrifiés; on marquait avec le sang des victimes les autels, les arbres, les idoles, les assistants, et on les en aspergeait; on mangeait enfin la chair, la graisse, les entrailles. *Les victimes*, dit Snorr Sturleson dans la *Vie d'Aquin Adelstan, étaient rôties et préparées pour être dévorées; on allumait un grand feu au milieu du temple, au-dessus on suspendait une chaudière*. Ces festins sont appelés *Blotfagnat* dans la *Troya-Saga* (13) : *Après avoir remporté cette grande victoire, Cassibel-*

lanus établit des festins magnifiques (14). En d'autres lieux on les nomme *Blotveislor*. L'histoire de saint Olaüs identifie ces trois repas avec les trois sacrifices annuels et généraux : « Sigurdus avait l'habitude de « faire trois sacrifices chaque hiver (chaque année, « comme on l'a observé plus haut), l'un en au- « tomne, un autre au milieu de l'hiver, un troi- « sième au milieu du printemps. Étant converti à « la foi chrétienne, Sigurdus conserva l'usage des « trois festins. Ainsi, en automne, il réunissait ses « amis; au milieu de l'hiver, il convoquait à ses « festins le plus grand nombre d'invités; à Pâques, « en troisième lieu, il donnait un grand repas où « se trouvaient beaucoup de personnes. » Au sujet de ces réunions, il faut consulter Tacite : « Les « éclaireurs nous avaient rapporté que cette nuit « il se célébrait chez les Germains une fête solen- « nelle que devaient animer des festins... Les bar- « bares célébraient des festins, et, par leur chant « joyeux ou leurs cris effroyables, remplissaient le « fond des vallées et les échos des forêts. » Ou encore les *Lettres de Grégoire le Grand à l'abbé Mellite*, et Grégoire de Tours : « Il y a dans le pays de « Gévaudan, sur une montagne nommée Allenc(15), « un grand lac. Là, à une certaine époque, une

« multitude de gens de la campagne faisait comme « des libations à ce lac ; elle y jetait des linges « ou des pièces d'étoffes servant aux vêtements « d'hommes, quelques-uns de toisons de laine; le « plus grand nombre y jetaient des fromages, des « gâteaux de cire, du pain, et chacun, suivant sa « richesse, divers objets qu'il serait trop long d'é- « numérer. Ils venaient avec des chariots, appor- « tant de quoi boire et manger, abattant des ani- « maux, et pendant trois jours ils se livraient à « la bonne chère. Le quatrième, au moment de « partir, ils étaient assaillis par une tempête ac- « compagnée de tonnerre et d'éclairs immenses, et « il descendait du ciel une pluie si forte et une « grêle si violente qu'à peine chacun des assistants « croyait-il pouvoir échapper. Les choses se pas- « saient ainsi tous les ans (16). » Ils furent convertis par un évêque du pays appelé aujourd'hui *Gévaudan*, dont la capitale était alors Andérite (17) ; depuis, le siége épiscopal fut transféré à Mimate, Mende. A ces festins présidait d'ordinaire un des citoyens les plus illustres et les plus nobles, qui, par des rites solennels, consacrait la nourriture, les boissons et les convives eux-mêmes, et avait soin que rien ne manquât. Sturleson, *Vie d'Olaüs*.

nous apprend que cette charge n'était pas perpétuelle, mais que chacun la remplissait à son tour. Il s'étend beaucoup sur la description de l'ordre conservé dans ces festins :

« Un usage déjà ancien voulait que pour les sa-
« crifices des victimes, tous les habitants se réu-
« nissent près du temple, apportant avec eux tout
« ce qui était nécessaire aux repas, qui se prenaient
« en commun. On ne devait pas manquer de cer-
« voise (18) dans ces grandes réunions, et elle de-
« vait être en rapport avec le nombre des convives.
« On y immolait plusieurs espèces de bétail et de
« chevaux. On en recueillait le sang, qui s'appelait
« alors *Hlat*; les vases où il était reçu prenaient
« celui de *Hlat-bollar*, comme on nommait *Hlat-*
« *tynar* les instruments, faits avec art, avec les-
« quels on aspergeait extérieurement et intérieure-
« ment l'enceinte consacrée, ainsi que tous ceux
« qui assistaient à ces rites superstitieux. Les con-
« vives, selon l'usage national, se nourrissaient de
« la viande bouillie des victimes. Au milieu de
« l'assemblée brillait un feu ardent, au-dessus du-
« quel on avait coutume de suspendre des chau-
« dières qu'on faisait bouillonner, puis on passait
« au milieu des flammes des coupes pleines de vin

« pur. Au président, au chef du festin, était réservé « l'honneur de bénir la coupe et les mets sacrés, « selon ce que nous apprend Snorr. » Ces superstitions, poursuivies ouvertement par les lois, ne furent abolies qu'avec beaucoup de peine. On lit dans une ordonnance de Charlemagne concernant les Saxons : SI QUELQU'UN A MANGÉ DES VIANDES CONSACRÉES AU DÉMON, *noble, il payera soixante sols; libre, trente; colon, quinze. S'il n'a pas de quoi payer présentement l'amende, il deviendra serf de l'Église jusqu'à ce que l'amende soit acquittée.*

6. Le passage de Saxo Grammaticus au sujet des soldats de Hadingue dans son expédition contre les Suédois pourrait peut-être faire croire que la viande de cheval était bannie de ces festins : *Enfin, poussés par la plus dure nécessité, après avoir mangé leurs chevaux, ils en vinrent à se jeter sur les cadavres des chiens, ce qui n'est pas regardé comme un crime parmi les hommes.* L'argument tiré de la nécessité d'user de la viande de cheval serait faible, si l'usage n'en était pas considéré comme ordinaire, commun et même recherché.

En effet, ou Saxo parle ici des chevaux de guerre et de transport, dont on ne peut se priver en cam-

pagne sans grand inconvénient, ou il a oublié la différence énorme qui existe entre les époques, dont il aurait dû mieux connaître les mœurs et les institutions. Les écrivains ne sont pas à l'abri de ces erreurs. Krantz lui-même en est un exemple, quand, dans son Histoire des Vandales, il nous rapporte que le roi danois Christophe fut tué, en 1280, au milieu d'un combat, par un boulet de canon. Les faits suivants sont des preuves bien plus concluantes, que toutes les exceptions qu'on pourrait invoquer, de l'usage général de la viande de cheval, tant dans les sacrifices qu'en dehors. Saint Jérôme, dans son *Épître contre Jovien*, l'affirme des Sarmates, Quades, Vandales et autres barbares. A l'arrivée des chrétiens en Islande, les habitants étaient divisés en deux partis par la différence de religion. Le magistrat Thorgeirr, encore païen, rétablit la concorde sous cette condition, et promit même que les païens se convertiraient, pourvu qu'il leur fût permis en secret d'accomplir leurs rites, d'exposer leurs enfants et de manger de la chair de cheval (19). Tel encore le savant Ara (20), dans ses *Notes sur l'Islande* :
« Quand il eut fini de parler, ils promirent d'ac-
« cepter la loi qu'il leur donnait sans hésitation et
« d'un commun accord, et il leur annonça qu'ils

« allaient devenir chrétiens et recevoir le baptême, « qu'ils avaient jusqu'alors refusé. Néanmoins, ils « pouvaient sacrifier à leurs dieux, à condition « toutefois que ce fût en secret, car ceux qui se- « raient convaincus de ce crime par témoins de- « vaient être exilés ; qu'ils auraient également la « faculté d'exposer leurs enfants et de manger de « la chair de cheval. » Et voilà l'Église établie !

Saint Olaüs, avant de combattre les Suédois, leur reprochait ces mêmes sacrifices. « Le roi répon- « dit aux Suédois : Je crois qu'il vous sera plus fa- « cile et beaucoup plus désirable de déguster les « plats de vos sacrifices que de prendre à l'abor- « dage mon *Dragon* (c'était la grande nef royale « d'Olaüs) quand nous le défendons, et de nuire à « nos guerriers et à nos navires. J'ai l'assurance « que des mangeurs de chevaux ne nous sauraient « être redoutables. » *Voir* Odon le moine.

« Olaüs s'informait exactement par quels moyens « on pourrait sauvegarder en Islande les intérêts « de la religion. Il fut affligé d'apprendre que dans « ce pays ils avaient été compromis de plus d'une « manière. On lui rapporta que des hommes qui « faisaient profession de la religion chrétienne se « nourrissaient de viande de cheval, exposaient

« leurs enfants nouveau-nés, comme des païens, « et commettaient d'autres infamies qui tournaient « au mépris de la religion. » On regardait comme particulier aux païens de se nourrir de viande de cheval, surtout lorsque par la suite des temps les chrétiens se conformèrent de nouveau à ce précepte de la loi de Moïse, ou mieux aux exigences des papes. Un exemple éclaircira mieux encore la chose, celui du roi chrétien Hacon ou Haquin le Bon, regardé comme le fils adoptif d'Adelstan, d'après Snorr. « Le lendemain, quand on fut sur le « point de se mettre à table, des paysans s'étant « approchés du roi, l'engagèrent à goûter de la « chair de cheval. Comme il ne voulait nullement « y consentir, ils lui offrirent du ragoût (21) pour « en prendre. S'y étant de même refusé, ils lui af- « firmèrent que cette graisse était loin d'être sans « saveur. Comme ce mets lui répugnait, peu s'en « fallut qu'on n'en vînt à une querelle, lorsque Si- « gurdus Jarlus s'écrie que le roi va les satisfaire, « si le bruit et la foule s'éloignent ; puis, s'appro- « chant du roi, il le supplie avec instance de se « pencher un peu au-dessus du plat, de manière à « toucher seulement du bout des lèvres cet aliment. « Le roi, s'étant approché, effleura seulement la

« nappe qui recouvrait la table, puis, prenant place « sur le siége royal, fut acclamé par la multitude « pour avoir gracieusement rempli les désirs de son « peuple. » Puis au chap. 19 : « Au premier jour « de fête solennelle, des paysans abordent le roi et « lui enjoignent de participer selon la coutume aux « sacrifices, ce qui l'exposait à un plus grand « danger s'il s'y refusait. Mais le comte Sigurdus « Jarlus, s'interposant, proposa que le roi goûtât « des morceaux de poumon de cheval qu'on lui of- « frit à manger, puis, sans les marquer du signe de « la croix, il accepta même plusieurs coupes sacrées « que les paysans vidaient à sa santé. » D'où il résulte évidemment que la viande de cheval n'entrait pas seulement dans l'usage ordinaire des sacrifices, mais encore que cette graisse dite *ftopit*, employée au lieu de beurre (22), les poumons et les ragoûts étaient très-recherchés (23). On peut encore citer l'histoire d'Hervarar. Les Suédois ayant chassé de leurs assemblées et du pays leur roi Jugon, pour s'être converti au christianisme, élurent à sa place un de ses parents suédois, *qui leur avait promis de leur rendre les sacrifices païens. Séance tenante on amène un cheval, on le coupe par morceaux, on le distribue pour le manger, et de son sang on barbouille l'idole. Dès ce moment les Suédois abandonnèrent le christianisme et retournèrent aux rites du paganisme.*

7. Ce que l'on peut conclure de plus raisonnable au sujet de ces sortes de superstitions païennes est que les premiers apôtres de ces nations pensèrent, en interdisant complétement l'usage de la viande de cheval, éloigner en même temps de plus en plus les nouveaux convertis des infamies du paganisme. D'abord je trouve le pape Grégoire III, qui fut d'avis, en cette matière, de s'opposer aux mœurs de nos aïeux. Il gouverna l'Église de 731 à 741. Dans sa *Lettre à Boniface*, apôtre des Germains, il s'exprime ainsi : « Entre autres choses, vous me marquez « que quelques-uns mangent un cheval sauvage, « d'autres un domestique. Ne le permettez plus do- « rénavant, cher frère, mais par tous les moyens « en votre pouvoir, le Christ aidant, empêchez « toujours cette action, et imposez une pénitence « aux délinquants. C'est une nourriture immonde « et exécrable. » Cette défense fut renouvelée par le pape Zacharie Ier à saint Boniface : *Il faut éviter de se nourrir de castors* (24), *de lièvres, et bien plus encore de chevaux sauvages.* Nous savons que depuis on se relâcha de la rigueur primitive des prohibi-

tions pontificales concernant les lièvres et autres animaux réputés jadis immondes ; quant à la chair des chevaux, nos ancêtres n'en purent user pendant plusieurs siècles, au détriment de leur fortune privée. On ne peut trouver d'autre raison de cette exclusion que celle que nous avons donnée, à moins qu'on n'aime mieux soutenir avec impudence que dans les matières de foi (25) les souverains pontifes puissent errer et se contredire l'un l'autre. En effet, Grégoire II, prédécesseur de Grégoire III, écrivit à saint Boniface : *Vous m'avez consulté au sujet des viandes immolées, pour savoir si les fidèles, après avoir tracé dessus le signe auguste de la croix, peuvent ou non en manger. Il suffit de répondre comme l'Apôtre aux Corinthiens.* Dans ce passage, il est permis de manger toutes sortes de viandes, le ciel et la terre étant l'œuvre de Dieu. Quant aux viandes offertes aux idoles, il ne dit pas qu'on devait, mais qu'on pouvait s'en abstenir, si cette action scandalisait le prochain (26). De ces défenses des papes, il est résulté que, portant secours à l'empereur Othon contre les Danois, étant réduit à une très-grande misère par manque de céréales et de provisions, et se trouvant dans l'alternative de battre en retraite ou d'abattre ses chevaux, Olaüs ouvrit cet avis : *Je pense que nous ne devons user d'aucune nourriture défendue par la loi de Dieu, quelle que soit la nécessité qui nous accable.*

8. Seriez-vous d'avis, me direz-vous, de ramener la viande de cheval sur nos tables ? Telle n'est pas mon idée. En cette matière comme en beaucoup d'autres, il est des erreurs si universellement répandues, que le temps seul, à la longue, peut y porter remède. Est-ce à dire que je blâme les décrets des pontifes qui, EU ÉGARD A LEUR ÉPOQUE, interdirent la viande de cheval? car il fallait gagner ces hommes, d'autant plus attachés à leurs vieilles superstitions qu'ils étaient plus primitifs, et qu'on devait leur éviter et prévenir tout retour aux folies de leurs ancêtres. Mais je réprouve entièrement cette manière de faire connaître la vérité et de la sanctionner par l'exil. Ceci sent plus l'esprit qui animait Élie, que cette voie nouvelle frayée aux apôtres par leur Maître, et qui lui est spéciale. Certainement, si l'on ne considère que les moyens par lesquels nos ancêtres furent convertis au christianisme, on serait en droit de douter si ce n'est pas par stupidité, ou, si vous aimez mieux, par simplicité qu'ils embrassèrent une religion entourée alors de

plus d'abus que leurs superstitions païennes elles-mêmes (27), et si la méthode de conversion des premiers apôtres ne fut pas la plus irrationnelle et la moins appropriée à la propagation de la vérité. Quel est en effet l'homme de bon sens qui ne déplore la mort d'Évinde, mourant au milieu des supplices les plus cruels (on lui avait appliqué sur les entrailles un vase plein de charbons ardents), pour cette seule raison qu'il n'avait pas voulu se faire initier à je ne sais quels mystères des chrétiens ? Ou encore le supplice plus affreux de Rader, surpassant la mort atroce d'Évinde, et pour la même cause, au témoignage du même Snorr. Le roi Olaüs lui-même forçait par la mort ou la mutilation les païens qu'il découvrait à se convertir. Charlemagne lui avait déjà donné l'exemple en ordonnant : *Si quelque Saxon non baptisé se cache parmi eux, refusant de se faire baptiser et désirant rester païen, qu'on le fasse mourir.* Croyez-vous donc que ce soit le sens du précepte divin : *Forcez-les à entrer* (28) ? Il est facile de comprendre en quel mépris étaient tenus les païens par les nouveaux convertis, ou par ceux qui extérieurement simulaient l'être. Le même Olaüs que nous avons souvent mis en scène, voulant épouser la reine Sigridi (surnommée Storrapa ou l'Altière), rompit cette alliance parce qu'elle refusait de se convertir, n'estimant pas plus une païenne (29) qu'une chienne et la frappant au visage de son gant (30). De cette haine, de ce mépris des païens, on peut conclure que d'outrager une femme païenne ou d'habiter avec elle est crime puni avec plus de rigueur que s'il eût été commis contre une femme chrétienne (31). *Quiconque*, dit la loi du roi Alfred, *touche avec passion le sein de l'épouse d'un païen* (la loi ne dit rien d'une chrétienne, aucune peine donc n'y était affectée), *payera VI sols à la femme. S'il l'a renversée sans l'injurier, qu'il paye IX sols. S'il a habité avec elle, l'amende sera de LX sols.*

Dans les homicides la peine est proportionnée : pour un chrétien, 2000 thymses (32), pour un païen XXVI. Les Merciens (33) estimaient un païen CC sols, un chrétien MCC; et son témoignage, lui qui était estimé MCC sols, était aussi estimé que celui de six païens. Voir les *Lois d'Édouard Éthelstan.* A d'autres à décider si le droit doit être appliqué avec cette partialité. Les païens, lorsqu'ils étaient les plus forts, imputaient aux chrétiens ce qu'ils souffraient ici-bas, et les poursuivaient de cette haine implacable qui les dévorait, alors que les chrétiens leur prêchaient en vain l'esprit de tolérance et la liberté religieuse réclamée par Symmaque. C'est pour cette cause, déjà mentionnée, que nos annales nationales ne mentionnent que peu ou point d'entreprises sérieuses. Les chrétiens, déjà supérieurs dans l'Empire romain par la raison qu'ils avaient dès le principe inculqué aux païens la modération et la concession de cette liberté qui est le premier bien de l'homme, qu'il apporte en naissant, et qu'ils avaient revendiquée pour eux, s'en écartèrent et usèrent de représailles. Les Gaulois manquèrent de cet esprit de tolérance, s'il faut en croire Cicéron, qui dit dans son discours pour Fonteius : *Toutes les nations combattent pour défendre leur religion, les Gaulois font la guerre à toutes.* Pour qui examinera plus à fond la question, il sera évident que Cicéron a cherché plus les besoins de sa cause que la vérité, en calomniant la bonne foi des Gaulois qui rendaient témoignage contre Fonteius. En effet, tous les arguments qu'il apporte dans ce discours contre les Gaulois, leur mépris des dieux, leurs parjures et leurs crimes, il les détruit dans son premier livre *de la Divination.* L'histoire d'Olaüs, roi chrétien des Suédois, qui régnait en 980 de notre ère, et fut appelé le roi *Skaut,* nous fournit une preuve très-convaincante de la modération qui animait les païens du Nord. Désireux de convertir ses sujets, il s'efforça de détruire le temple des idoles situé au milieu de la Suède, à Upsal. Les païens, soupçonnant cette intention, firent avec le roi une convention aux termes de laquelle, s'il voulait se convertir, il choisirait la plus belle province pour y établir une église et l'exercice du culte catholique, et ne forcerait personne à abjurer; que ceux qui se convertiraient le feraient librement. Heureux de cet accord, le roi établit dans la Gothie septentrionale, près des Danois ou Normands, une église et un siége épiscopal. Plût à Dieu que les chrétiens de nos jours eussent hérité de cette modération des païens! La paix de Westphalie (34) n'eût pas été établie au prix de tant de sang répandu dans l'Allemagne épuisée; on n'eût pas entendu l'institution cruelle de la sainte Inquisition chassant la charité chrétienne, ni cette parole impie, qu'il ne faut accorder aucune foi aux hérétiques. Sous l'électeur Christian Ier (35), la Saxe n'eût pas été presque ensevelie sous des ruines, ni le parti de Crellius (36) frappé injustement eût pu se propager. On eût rendu à la Bohême (37), au siècle précédent, la pureté de son culte, qu'on avait introduit à Cologne l'an 1582. La société chrétienne, qui doit étendre l'exercice de la vraie et droite raison, ne se fût pas souillée du supplice de Servet (38); le parti de Barneveldt (39) et le synode de Dordrecht (40) ne se seraient pas contentés d'une justification ambiguë. Croyez-vous qu'aujourd'hui encore on ne puisse nous appliquer ce que Juvénal disait des Égyptiens : « La fureur de ces deux cités vient de ce que chacune déteste les dieux de l'autre, persuadée que les divinités qu'elle adore sont les seules auxquelles on doive rendre hommage. »

La religion conseille-t-elle donc tous ces crimes ? Non. Aucune loi du Christ ne prescrit cette règle de conduite. La source de si grands malheurs dérive d'ailleurs : c'est ou l'ambition, ou un amour immodéré de dominer sur les consciences, qui se cache sous le masque d'un faux zèle ; ou la jalousie du bonheur du prochain et l'envie d'amasser des richesses. Ces mauvaises passions ravagent les âmes depuis le péché originel, qui a infecté de son venin le genre humain tout entier ; ce ne fut toutefois pas pour nos ancêtres une occasion ni un prétexte d'augmenter leurs biens et leurs richesses, comme il convient à des peuples vivant dans la simplicité et ennemis d'une insatiable avarice. Les druides, alors comme encore aujourd'hui, se réservaient l'autorité sur les laïques, et leur principal moyen pour arriver à ce but était de se réserver les choses de la religion, tant on avait prévenu les esprits de ce peuple trop crédule. Mais : *Enfants, fermez les canaux, les prés sont assez arrosés.*

ADDITIONS

(A) Ceux qui savent l'excellent emploi que les Turcs tirent de la peau du cheval, si négligée parmi nous jusqu'à présent, ont lieu de s'en étonner. En effet, après les avoir corroyées avec soin en répandant dessus de la graine de moutarde, ils obtiennent cette espèce de peau appelée *chagrin* (1), dont on importe chez nous de grandes quantités. (J. K.)

(1) *Chagrin :* anglais, *schagreen ;* allemand, *schagrin.*

C'est avec le cuir de l'âne que les Orientaux font le *sagri*, que nous appelons chagrin. (Buffon, *Ane.*)

Le *chagrin artificiel* se fabrique avec du cuir d'âne ou de cheval, dans lequel on enfonce des graines très-dures pour lui donner cet aspect dit *chagriné.* (Souviron, *Dict. des Termes techniques*, 1868.)

Pour fabriquer le chagrin, on enlève la partie inférieure du dos d'un cheval, d'un âne ou d'un chameau, de la naissance de la queue au milieu de l'épine, qui présente seule les qualités nécessaires à la fabrication. Quand elle est ramollie dans l'eau et écharnée complétement, on l'étend à terre, sur un châssis horizontal, le poil en dessus ; on la couvre d'une couche de graines du *chenopodium album*, que l'on fait pénétrer en piétinant dessus ; on détache les graines quand la peau est séchée, les cavités seules restent ; avec un instrument tranchant, on enlève la surface de la peau au niveau du fond de ces cavités. On fait digérer le cuir dans de l'empois et dans une faible lessive de carbonate de soude ; les parties comprimées se gonflent et donnent naissance aux aspérités qui caractérisent la peau de chagrin. Une préparation de noix de galle lui donne la couleur noire. (V. D.)

(B). La vénération dont encore de nos jours est entourée la queue de cheval (der Rosz Schweiff) employée comme principal étendard militaire par les Turcs vient du culte et de l'honneur que l'on rendait aux chevaux. Les sectateurs de Mahomet adoptèrent sur ce sujet toutes les superstitions des Bulgares ; déjà nous avons remarqué qu'ils empruntaient beaucoup aux nations vaincues. On convient généralement que les Bulgares viennent du Septentrion, la patrie des anciens Scythes. Nicolas Ier, dans ses réponses déjà citées, réprouve leurs pratiques superstitieuses sur ces matières : « Lorsque vous mar- « chiez à l'ennemi, vous vous contentiez, dit-il, comme « signe de ralliement, d'arborer une queue de cheval, « et vous demandez maintenant par quoi il faut la « remplacer. Par quoi pourriez-vous mieux le faire que « par le signe de la croix ? » Je trouve dans la même réponse que le turban (ein Turckischer Bund), cette coiffure particulière aux enfants de Mahomet, leur vient encore des Bulgares : « Vous dites que les Grecs vous refusent « l'entrée de l'Église, quand vous vous présentez avec « une cravate de lin, que vous portez autour de votre « tête ; nous vous le défendons également, non sans rai- « son ; l'apôtre saint Paul, souvent cité et qu'il faut tou- « jours citer, a dit : *Tout homme qui prie ou qui prophé- « tise la tête voilée deshonore sa tête.* Et plus loin : « *L'homme ne doit pas se couvrir la tête, parce qu'il « est l'image et la gloire de Dieu.* Ce qu'il dit du voile « doit s'entendre, croyons-nous, de l'étoffe qui entoure « votre tête. »

(J. K.)

NOTES

HISTORIQUES ET BIBLIOGRAPHIQUES

NOTA. J. K. marque les notes de l'auteur.
V. D. celles du traducteur.

---

(1) S. Paul, ép. à Tite. I, 15.

(2) En effet, la raison de la loi cessant, la loi elle-même cesse. Bien des raisons, qui avaient nécessité l'établissement de toutes les lois chez les Juifs, nous échappent, faute de connaître leurs antiquités et celles de leurs voisins ; on ne saurait douter que le but de la plupart des préceptes, que nous ne découvrons pas à première vue, était d'éloigner le peuple choisi d'avoir des rapports avec ceux qui l'entouraient, et de le préservèr de l'idolâtrie. (J. K.)

(3) Saxo, surnommé *Grammaticus*, historien danois, mort vers 1203. La première édition de son livre a été imprimée à

Paris en 1524, chez Josse Badius, aux frais d'un prince danois, sous ce titre : *Danorum regum heroümque historiæ stilo eleganti, a Saxone Grammatico ab hinc supra 300 annos conscriptæ.* 1 vol. in-folio. (V. D.)

(4) Peuple germain, habitant originairement l'île de Rugen. Chassés par les Goths, ils fondèrent, en 450, un empire qui embrassait la Moravie et l'Autriche, et s'appelait *Rugiland ;* il fut détruit par Odoacre, vers 487. (V. D.)

(5) Krantz (Albert), célèbre historien allemand, né à Hambourg vers le milieu du XVe siècle, mort le 7 décembre 1517. (V. D.)

(6) Leptines ou Lestines, bourg de Belgique (Hainaut), près Charleroi, résidence de nos rois de la première race, célèbre par un concile tenu en 743 pour la réforme du clergé. (V. D.)

(7) Les chevaux pris à la guerre étaient sacrifiés. César, Athénée, Procope, l'affirment, ainsi que Tacite, *Annales,* XIII. *La guerre, heureuse pour les Hermundures, fut meurtrière pour les Cattes. Le parti vainqueur avait dévoué l'autre à Mars et à Mercure : selon ce vœu, hommes,* CHEVAUX, *tout ce qui était aux vaincus fut exterminé.* Quelques auteurs lisent tous les *êtres vivants,* d'autres, avec plus de raison, tous les biens du vaincu, tout ce qui lui avait appartenu. Je n'oserais affirmer que ce ne fût pas une imitation irréfléchie des mœurs des Israélites. Au livre de *Samuel,* le fait est certain, le prophète dit à Saül partant contre l'ennemi : *Vous détruirez tout ce qui lui aura appartenu.* Ce qu'il ne faut pas entendre seulement des êtres animés, puisqu'un peu plus bas il indique clairement que les vêtements eux-mêmes des maudits devaient avoir le même sort. Voir Josèphe, ch. 6-7. (J. K.)

(8) Le plus grand des dieux scandinaves, le père des dieux et du monde, était spécialement le dieu des combats. (V. D.)

(9) Dithmar ou Ditmar, évêque de Mersebourg (976-1018). On lui doit une chronique de l'histoire d'Allemagne, publiée

par Leibniz dans son recueil des écrivains pour l'*Histoire de la maison de Brunswick*. (V. D.)

(10) Snorr, Snorri ou Snorro-Sturleson, historien islandais (1178-1241), recueillit les sagas de son pays et les traditions de la mythologie scandinave. M. Ampère, *Littérature et voyages*, en fait un grand éloge. (V. D.)

(11) Olaüs, Olafou, Olof, nom commun à plusieurs rois de Norwége, de Danemark et de Suède. (V. D.)

(12) Agathias dit *le Scolastique*, historien grec du Ve siècle, a écrit une histoire de Justinien qui fait suite à celle de Procope. (V. D.)

(13) Les *Sagas* sont des récits poétiques composés par les scaldes ou bardes scandinaves, du XIe au XVIe siècle, où sont consignées les traditions mythologiques et historiques du Danemark, de la Suède, de la Norwége et de l'Islande. Les *Eddas* sont deux livres qui renferment la mythologie scandinave (V. D.)

(14 Le texte porte « *commessationes jolenses* » des repas magnifiques, solennels. Il est à remarquer que le mot *jolensis* ne se trouve dans aucun des glossaires de la basse latinité, lacune d'autant plus regrettable que l'on peut trouver là la trace la plus authentique de l'origine de notre mot *joli*. En effet, M. Littré dérive *joli* du scandinave *jul* qui désignait les fêtes et les festins solennels. Notre auteur, embarrassé sans doute pour placer ici une épithète très-expressive, n'a rien trouvé de mieux que de latiniser le mot scandinave. (V. D.)

(15) Allenc est du moins le nom d'un bourg situé près de Mende. (V. D.)

(16) Il faut joindre ce curieux passage aux renseignements que nous ont laissés Pline et quelques auteurs sur les richesses que la superstition gauloise avait amassées au fond du lac de Toulouse. (V. D.)

(17) Ville des *Arverni*, chef-lieu des *Gabali*, aujourd'hui Antérieux, selon Walckenaër, près de Chaudes-Aigues, diocèse de Saint-Flour (V. D.)

(18) La cervoise (du latin *cervisia* ou *cerevisia*, dérivé de *Cérès* et avec le même sens) était la boisson des anciens Germains et des peuples scandinaves. C'était une espèce de bière. (V. D.)

(19) Un concile d'Ostie (785) nous apprend qu'avant de donner le baptême, en Orient, on exigeait des néophytes la promesse de renoncer aux idoles, de ne plus exposer leurs enfants, et de regarder la viande de cheval comme un mets défendu. La communauté d'origine explique seule cette similitude dans les mœurs. (V. D.)

(20) Arius ou Ara Multiscius (1107-1148), surnommé Froda ou l'Universel, auteur d'une chronique d'Islande, de 870 à 1134, imprimée plusieurs fois. (V. D.)

(21) On a traduit par ragoût le texte latin *jusculum*, dont le sens précis est assez difficile à déterminer. Du Cange, au mot *juscellum*, qu'il donne comme synonyme, cite le passage suivant : *Præpositus Hasbaniæ pro ferculo leguminis juscellum commutabat confectum vino, ovis et sagimine.* Le prieur d'Hasbanie remplaça le plat de légumes par un ragoût composé de vin, d'œufs et de graisse, en français *sain* (sagina), qui n'est guère employé que sous la forme *saindoux*, graisse de porc fondue. Il donne la définition *juscellum*, *exiguum jus*, sauce courte; *juscellanus*, celui qui prépare cette sauce. L'Écriture parle souvent de la graisse des troupeaux offerte en holocauste. Certainement la graisse de cheval fondue leur servait de beurre. (Voir la note suivante.) (V. D.)

(22) De là le nom de *flot* donné à une matière adipeuse et lactée, et aux gâteaux *fladen* et *oster fladen* que les mères de famille confectionnent les jours de fête, dans la Saxe supérieure. (J. K.)

(23) D'autres nations recherchaient le lait. Virgile, au livre III des *Géorgiques*, s'exprime ainsi : *C'est la méthode des Bisaltes et de l'infatigable Gélon, quand, retirés sur le Rhodope ou dans les déserts de la Scythie, du sang de leurs coursiers ils rougissent leur lait.* Ennodius, dans son panégyrique du roi

Théodoric : *Ils estiment qu'il n'y a rien de plus délicat que de boire du lait de leurs juments.* Et Martial, parlant des Sarmates : *Et le Sarmate qui se repaît du sang de son cheval.* (J. K.)

(24) Le castor ou loutre, animal très-commun autrefois dans nos pays. Les Latins ont changé le B initial en F. Le radical est Biber, Biberis, qui en gaulois a donné Bibrax, Bibracte ; en Allemand Biberach ; cette ville a pour armes parlantes un castor ; en français Bièvre, près Paris, et le Bibrax des Rèmes sont tous deux sur des cours d'eau hantés par les castors. Le mot *bief* (d'un moulin) est le seul dérivé resté dans notre langue. (V. D.)

(25) La Foi n'a rien à voir dans ces matières, c'est une question de discipline ; l'auteur nous a dit lui-même (voir note 2, p. 14) que c'était une loi cérémonielle. (V. D.)

(26) S. Paul, I aux Cor., VIII, 13.

(27) Pour justifier cette assertion, il suffira de rapporter le moyen employé par l'évêque Sigurd pour apaiser une tempête, d'après Snorr, ch. 86. Revêtu de ses ornements pontificaux, il parcourait le navire, précédé de cierges, et il encensait à droite et à gauche ; puis, au pied d'un autel improvisé, il fit lire un évangile, y joignit des prières et des supplications pour fléchir Dieu, et une aspersion d'eau bénite. Voyez Oddon le Moine. Croyez-vous qu'un païen, à la vue de ces cérémonies, pût, l'esprit troublé, se croire délivré du danger par leur efficacité ou par un moyen quelconque, surtout quand ces cérémonies sont accomplies dans une langue étrangère aux indigènes et aux assistants? Vous étonnerez-vous si, sur la parole de Snorr, témoin peu suspect, on annonce que les Islandais accouraient en foule à la messe pour y entendre les concerts sacrés et le son des cloches? Ou encore qu'Olaüs le saint (nom qu'il devait à la faveur et à la reconnaissance du clergé) guérissait les maladies les plus invétérées par son seul attouchement, encore qu'il fût d'une piété douteuse, qui aurait pu convaincre les païens de ce pouvoir ? Cependant Snorr l'affirme. (J. K.)

(28) Luc, XIV, 23. Le texte dit *compelle* ; ce n'est pas la pre-

mière citation que l'auteur fait de mémoire et qui n'est pas exacte. Ainsi, p 38, l. 27, il faut ajouter après image : *et la gloire*. (Voir aussi p. 62, l. 8. V. D.)

(29) Les païens, au contraire, croyaient que la différence de culte n'était pas une raison de relâcher les liens de l'amour conjugal ou filial ; c'est ce que prouvent les inscriptions sépulcrales runiques rapportées par Verelius. (J. K.)

(30) Ce curieux passage montre que dans les pays septentrionaux on se servait alors de gants. Ce détail de mœurs n'est pas le seul à recueillir dans cette intéressante dissertation. (V. D.)

(31) La loi des Bavarois appelle ce crime « *ein Horgrift* ou *Hurengriff*. » (J. K.)

(32) Monnaie anglo-saxonne On n'est pas bien d'accord sur sa valeur. Voir Du Cange. (V. D.)

(33) De *Marck*, frontières, un des sept royaumes de l'Heptarchie anglo-saxonne, le plus méridional des royaumes angles, cap. Lincoln. (V. D.)

(34) La paix de Westphalie, en 1648, mit fin à la guerre de Trente Ans et servit de base à l'organisation de l'Allemagne jusqu'en 1806. (V. D.)

(35) Christian Ier, électeur de Saxe, de 1586 à 1591. (V. D.)

(36) Crellius (Jean), pasteur et socinien (1590-1633). (V D.)

(37) Allusion aux frères moraves ou quakers allemands. (V. D.)

(38) Servet, médecin et réformateur (1509-1555), brûlé à Genève pour ses opinions religieuses, opposées à celles de Calvin. Il avait découvert la circulation du sang. (V. D)

(39) Barneveldt, grand pensionnaire de Hollande (1549-1619). Sous prétexte de religion, Maurice de Nassau, son adversaire, le fit périr sur l'échafaud. (V. D.)

(40) Ville de Hollande. On y tint un synode calviniste (1618-19) qui condamna les opinions d'Arminius et de Barneveldt. (V. D.)

DE INTERDICTO

CARNIS EQUINÆ ESU

DISSERTATIO HISTORICA.

ARGUMENTUM.

1. Miramur carnis equinæ esum apud nos interdictum. — 2. Ratio prohibitionis non ex legibus Israeliticis petenda, sed ex antiquitatibus patriis. — 3. Equorum usus tum in auspiciis et aliis superstitionibus gentilibus. — 4. Tum præcipue in sacrificiis. — 5. Post sacrificia peracta commessationes celebrabant majores nostri. — 6. Et carnem equinam imprimis in deliciis habebant. — 7. Quæ genuina causa prohibitionis ejus? — 8. Conclusio. De modo præpostero, quo usi sunt primi conversores in plantanda Ecclesia, quod nostras attinet terras. Item de illicita persecutione ob sacra diversa.

1. Sœpius subiit mirari, carnem equinam numero earum exulare, quibus ad sustentandam vitam deliciasque palati explendas uti consuevimus. Ut enim taceam pul-

critudinem munditiemque hujus animalis, qua inter reliqua omnia eminet (A); ii etiam qui vel ignorantes vel inviti hoc cibi genere famem satiarunt, saporem ejus gratamque dulcedinem mire collaudant.

2. Qui præcepta divina Israelis populo imposita in partes vocant, quibus equinæ carnis usus, ut aliorum animalium immundorum interdictus erat, novi fœderis oraculo refutantur, mundis omnia esse munda, cum præsertim ab aliis etiam legis hujus, quam ceremonialem vocant, capitibus impune recesserimus (*a*). Alia igitur ratio fuerit necesse est, quæ majores nostros medii ævi ab esu carnis revocavit, quam quidem in antiquitatibus patriis mihi videor invenisse.

3. Scilicet apud potissimas Europæ gentes et majores præcipue nostros equorum usus tum in sacrificiis, tum in aliis ad superstitiones gentiles pertinentibus per quam fuit solemnis (B). De auspiciis equorum testis est Tacitus libello *De Moribus Germanorum* : « proprium insuper « genti equorum quoque præsagia ac monitus experiri. « Publice aluntur iisdem nemoribus ac lucis candido et « nullo mortali opere contacti, quos pressos sacro curru « sacerdos ac rex vel princeps civitatis comitantur, hin- « nitusque ac fremitus observant. Nec ulli auspicio ma- « jor fides non solum apud plebem, sed apud proceres, « apud sacerdotes. Se enim ministros Deorum, illos « conscios putant. » *De Rugianis* Saxo, lib. 14, p. 312, et Kranzius, l. 5, *Vandaliæ*, scribunt : « Alebatur apud « Rugianos sacer equus, albus, cujus jubæ aut caudæ « pilos convellere nefarium ducebatur. Hunc soli sacer- « doti pascendi insidendique jus erat, ne divini animalis

« usus, quo frequentior, hoc vilior haberetur. In hoc « equo Deus illorum adversus sacrorum suorum hostes « bella credebantur gerere. Cujus rei præcipuum argu- « mentum exstabat, quod is nocturno tempore stabulo « insistens, adeo plerumque mane sudore ac luto resper- « sus videbatur, tanquam ab exercitatione veniendo, « magnorum itinerum spatia percurrisset. Auspicia « quoque per eundem equum hujusmodi sumebantur. « Cum bellum adversus aliquam provinciam suscipi pla- « cuisset, ante fanum triplex hastarum ordo ministrorum « opere disponi solebat, in quorum quolibet binæ ex « transverso junctæ conversis in terram cuspidibus fige- « bantur, æquali spatiorum magnitudine ordines dispa- « rante. Ad quos equus, ductandæ expeditionis tempore, « solemni precatione præmissa, a sacerdote e vestibulo « productus, si propositos ordines ante dextro quam « lævo pede transcenderet, faustum gerendi belli omen « accipiebatur. Sin lævum vel semel dextro prætulis- « set, petendæ provinciæ propositum mutabatur. Nec « prius certa navigatio præfigebatur, quam tria continue « potioris incessus vestigia cernerentur. » Cf. Sifridus, in *vita Othonis Babenbergensis*, l. 2, c. 32; Ditmarus, l. 6; Papebrochius, in *not. ad vitam S. Viti. Act. Sanctorum*, Antwerp. mens. Jun., tom. II, p. 1020 et seq. Indiculus etiam superstitionum Concilio Liptinensi subjunctus § 13 agit *de auguriis vel avium, vel equorum, vel boum stercore, vel sternutatione.*

4. Sacrificiis etiam adhibitos equos, cum bello captos, tum alios adparet (*b*). Antiquissimis temporibus primitiæ frugum a majoribus nostris Deo offerebantur; postea sacrificia cruenda in consuetudinem abierunt, non pecu-

dum modo, sed hominum ipsorum. Inter animalia, tamen alia hostia alii Deo gratior visa. Odino præter verrem et armenta equus mactabatur, quem neque ab aliis sacrificiis fuisse alienum conjicio. Ditmarus Merspurgensis, lib. 1, edit. Leibniz, tom. 1, p. 327, *de Danis* : « Est unus in his partibus (Selandia) locus, caput istius « regni, Lederum nomine, in pago qui Selon dicitur, « ubi post novem annos mense Januario, post hoc tem « pus quo nos Theophaniam Domini celebramus, omnes « conveniunt, et ibi Diis suismet LXXX et novem ho- « mines et totidem equos cum canibus et gallis pro ac- « cipitribus oblatis immolant, pro certo, ut prædixi, « putantes hos eisdem placaturos. » Corruptus alias hic locus in vulgatis exemplaribus typis impressis, quæ nullam equorum mentionem faciunt, codicibus autem manu exaratis optimæ notæ facile refelluntur. Sturlesonius, in *vita Haquini Adelstani* : « Mactabant omnis « generis animalia, præsertim EQUOS quoque. » Necnon in *vita Olaï*, cap. 107 : « Mactabant pecora et equos. » (*c*) Agathias Scholasticus, lib. 3, *de rebus Justiniani* : « Allemani Francis parent, et eodem quo illi « modo reguntur ; tantum in religione differunt. Ar- « bores enim quasdam placant et lapsus fluviorum et « montes et valles, atque istis sacra facientes, atque « equos et alia infinita, resecto capite, immolantes. » De Prussorum moribus eadem notas Hartknoch in *Antiq. Pruss.* Diss. 10, p. 160. *De Scythis*, Herodotus Halicarnass., *Hist.*, lib. 4, c. 61.

5. Hominum canumque immolatorum cadavera in lucis suspendebantur, cruore victimarum aræ, arbores, idola hominesque circumstantes tingebantur vel con-

spergebantur, carne et adipe vel pinguedine omni epulæ parabantur. Snorro Sturlesonius, in *vita Haquini Adelstani* : « Victimæ coquebantur parabanturque in ci« bum. Ignis fieri in media templi area debebat, in quo « suspendebatur ahena. » Hæ commessationes dicuntur *Blotfagnat* in *Troja Saga*, p. 45 : « Parta hac victoria, « magnas commessationes instituit Cassibellanus. » Aliis locis frequenter nominantur *Blotveislor*. Historia sancti Olai has commessationes cum tribus sacrificiis anniversariis et universalibus conjungit cap. 117 : « Consuevit Sigur« dus tria sacrificia peragere qualibet hyeme (hoc est « quolibet anno secundum superius dicta), unum in au« tumno, alterum media hyeme, tertium ineunte æstate. « Postea vero quam christianus factus est Sigurdus, « consuetum morem retinuit quoad commessationes : ita « ut in autumno amicos ad se invitaret, media vero « hyeme comessationes Jolenses invitatis quam plurimis « celebraret, tertiam vero Paschatis tempore comessa« tionem institueret, et eam quidem hominibus satis fre« quentem. » De ejusmodi comessationibus intelligendus Tacitus, *Annales*, 1, c. 50 : « Attulerant exploratores « festam eam Germanis noctem ac solemnibus epulis lu« dicram. » Et cap. 65 : « Cum barbari festis epulis « læto cantu aut truci sono subjecta vallium ac resul« tantis saltus complerent. » Cf. Gregorii M. *Epist. ad Mellitum Abbatem*; *operum quæ Lutetiæ Parisiorum prodiere*, tom. II, lib. XI, epist. 76; Gregor. Turonensis, lib. *de gloria confessorum*, c. 2 : « Mons erat « in Gabalitano territorio, cognomento Helanus, lacum « habens magnum : ad quem certo tempore multitudo « rusticorum quasi libamina lacui illi exhibens, linte« amina projiciebat ac pannos, qui ad usum vestimenti

« virilis præbentur : nonnulli lanæ vellera, plurimi etiam
« formas casei ac ceræ vel panis, diversasque species,
« unusquisque juxta vires suas, quæ dinumerare per-
« longum puto. Veniebant autem cum plaustris potum
« cibumque deferentes, mactantes animalia et per tri-
« duum epulantes. Quarta autem die cum discedere
« deberent, anticipabat eos tempestas cum tonitruo et
« coruscatione valida ; et in tantum imber ingens cum
« lapidum violentia descendebat, ut vix se quisquam eo-
« rum putaret evadere. Sic fiebat per singulos annos. » Edit. Ruinart, p. 894 et seq. Convertit hos rusticos Episcopus Gabalitanus, quæ regio hodie dicitur *Le Gévaudan*, habebatque urbem præcipuam olim Anderitum, sed a compluribus seculis Mimate, Mande, Episcopi sedem huc translatam. Conviviis illis è nobilissimis ac præcipuis viris quisquam solebat præesse, qui cibum, potum convivasque ipsos solemni ritu sacrabat, et ne quid deesset providebat. Per vices etiam id muneris administratum nec perpetuum fuisse Sturlesonius indicat (in *Vita Olaï*), qui satis prolixus est in exhibendo ordine horum sacrificiorum in *vitam Haquini Adelstani*, cap. 16. « Vetus
« tum obtinuerat consuetudo circa victimarum mactatio-
« nes, ut ad fanum ipsum incolæ convenirent omnes,
« commeatum victumque pro solemnibus epulis una ad-
« ducentes. Nec omnino cerevisiæ in tam celebri con-
« ventu pro proportione singulorum ulla debebat esse
« penuria. Mactabantur hic armentorum atque equorum
« plura genera. Qui vero ex his diffluebat sanguis pe-
« culiari nomine *Hlat* dicebatur. vasa vero, quibus reci-
« piebatur cruor *Hlat-bollar* dicta sunt, ut et *Hlat-*
« *tynar*, quæ instar bipennium fabrefacta erant utensi-
« lia, quibus idoleum universum qua intus, qua exterius

« sanguine aspergeretur, omnesque etiam qui supersti-« tioso cultui assistebant homines. Carnem mactatorum « animalium pro more gentis elixatam convivæ assume-« bant. Focus in medio fundi accensus ardebat, supra « quem etiam lebetes fervefactos appendere moris erat, « scyphi autem mero repleti per mediam flammam tra-« ducebantur. Ad convivii vero præsidem ac præfectum « is pertinebat honor, ut ad scyphum ac ferales epulas « solemnia diceret verba. » Hactenus *Snorro*. Hæ superstitiones publicis tandem legibus repressæ vix potuerunt aboleri. *Caroli M. Capitulatio de partibus Saxoniæ*, capit. 21 : « SI QUIS AD HONOREM DÆMONUM « COMEDERIT, si nobilis fuerit, solidos sexaginta; si in-« genuus, trigenta; si litus, quindecim. Si vero non habue-« rint unde præsentialiter persolvant, ad Ecclesiæ ser-« vitium donentur, usque dum ipsi solidi solvuntur. » Baluz., *Capit.*, tom. 1, p. 254.

6. Carnem equinam ab hisce epulis exceptam fuisse forte persuadere posset locus Saxonis Grammatici de Hadingi militibus in expeditione contra Suecos, lib. 1, p. 15. « Tandem per summam necessitatis indigentiam « commanducatis equis, ad postremum canina cadavera « corporibus indulserunt. Sed neque humanis artibus « vesci nefas habitum. » Imbecille enim necessitatis argumentum fuisset carnis equinæ usus, si ille non modo fuit ordinarius et familiaris, sed et in deliciis habitus. Verum enimvero aut de bellatoribus et clitellariis equis loquitur Saxo, quibus in usu belli carere sine maximo detrimento non poterant, aut nimia oscitantia oblitus est temporum, quorum mores et instituta debebat respicere. Ab ejusmodi erroribus non immunes esse scriptores vel

Krantzii exemplum edocet in *Vandal.*, lib. 8, c. 23, memorantis Christophorum Danorum regem (1280) in prælio bombardæ ictu fuisse occisum. Argumenta certe omni exceptione majora carnis equinæ usum tum in sacris, tum extra ea comprobant. Refert hoc de Sarmatis, Quadis, Vandalis aliisque gentibus *Hieronymus adversus Jovianum*, l. 2. Adventantibus christianis in Islandiam, cum ob religionis discrepantiam in duas partes discissi essent incolæ, Thurgeirrus Nomophylax, adhuc ethnicus, hac conditione concordiam iniit, nominique christianorum reliquos accessuros pollicitus est, ut occulto modo sacra sua peragerent, infantesque exponendi et equinas carnes comedendi licentia fruerentur. Ita enim *Aræ Multiscii Schedæ de Islandia*, c. 7, p. m. 48 : « Facto itaque dicendi « fine, legem, quam daret ille, se absque dubio accep- « turas unanimi promiserunt, unde et christianos futu- « ros esse singulos pronuntiavit, et baptismum susceptu- « ros quotquot id huc usque denegaverant posse quidem « eos Diis sacrificare, dummodo, ut id occulte fieret, « operam darent, ejus enim criminis per testes convic- « tos exilii pœnam daturos; iterum habituros eos in- « fantes exponendi et equinas carnes edendi licentiam. » Cf. Oddi Monachi *Saga om K. Oloff Tryggwazon*, cap. 87, p. 140. En Ecclesiam plantatam ! Suecis etiam ea sacrificia exprobrat S. Olaus pugnam cum iis initurus: « Rex respondebat Sueonibus facilius fore credo multo- « que exoptatius sacrificiorum suorum lebetes delibare « quam *Draconem* longum (navem regiam Olaï) ascen- « dere nobis defendentibus, nobisque et nostris navibus « aliquid officere. Spes quoniam mihi, equorum vora- « tores nobis non esse timendos. » Cf. Oddum, l. c., 66, p. 230 : « Olaus sedulo inquirebat quo pacto

« christianæ religionis sacra per Islandiam curarentur, « quæ multis modis ibi labefactata ægre tulit. Relatum « quippe fuit, christianæ religionis addictos homines « equina vesci carne, ac paganorum ritu infantes suos « recens natos exponere, aliaque in religionis oppro- « brium nefanda perpetrare opera. » Nempe Ethnici veluti proprium reputabatur (præsertim succedente tempore, cum Christiani etiam novum hoc legis Mosaïcæ sive potiùs Pontificiæ jugum subierant) ut carnibus equinis vesceretur. Rem apprime illustrat exemplum Regis Christiani Haconis sive Hacquini Boni, qui vulgo dicebatur Adalsteinii filius adoptivus apud Snorronem, *Konung Hakon Adalstens Fostres Saga*, cad. 18 : « Die « postero, cum ad mensas accumbendum esset, regem « proprius adeuntes ruricolæ equinam carnem gustare « jubent. Quibus eum nequaquam assentiri vellet ex « jusculo hauriendum offerunt. Quod cum pariter recu- « saret, pinguedinem omnino non insuavem ei futuram « dicunt. Sed et hæc adversatus fercula, parum abfuit « quin discrimini propinquus fuisset. Itaque Sigurdus « Jarlus Regem obtemperaturum respondet, dummodo « ipsi strepitu et turba desisterent. Ipse deinde regem sup- « plex orat, ut pronus supra lebetem se inclinando, la- « biis solummodo extremis ejus sustentaculum attingere « velit. Sic aggressus Rex, linteolum futuro obvolutum « extremis tantummodo labiis apprehendit. Deinceps re- « giam occupans sellam, omnium ore, veluti rebus ad « populi bene placitum probe gestis celebratur. » Similiter cap. 19 : « Festo die maxime solemni, regem adorti « ruricolæ sacrificiis rite litare jubent, eoque ipso gra- « vius eum evitaturum esse discrimen. Hic Sigurdus « Jarlus (comes) medius intercedens eo rem deduxit, ut

« offas aliquas ex pulmonibus equinis degustandas acciperet Rex, qui solemnes etiam maxime scyphos complures, quos sibi propinabant ruricolæ, nullo adhibito crucis signo ebibit. » Unde satis adparet non modo carnem equinam in familiari usu sacrorum imprimis fuisse, sed pinguedinem etiam *Flopit*, loco butyri (*d*), pulmonem autem et jusculum in deliciis fuisse (*e*). Ita teste *Hervarar Saga :* cum Sueones Ingonem Regem ob christiana sacra recepta comitiis et regno pepulissent atque affinem ejus Sueonem Regem creassent : « quia promisit illis gentilia sacra se procuraturum, adductus mox equus et in partes dissectus, atque ad edendum distributus : et sanguine ejus oblitum idolum. Projecerunt tunc omnes Sueones christianismum et gentilia sacra susceperunt. »

7. Atque ab istius modi superstitionibus gentilibus vera petenda ratio, quare christianis, gentium harum conversoribus, e re fore visum est ut equinæ carni esum plane interdicerent, simulque ab omnis ethnicismi spurcitie magis magisque recens conversos alienarent. Invenio primum *Gregorium III*, Romanorum Pontificem, qui majorum nostrorum moribus ea in re duxit obviam eundum. Ecclesiæ habenas ille moderatus est ab anno 731 usque ad annum 741, et in *Epistola ad Bonifacium*, Germanorum apostolum, quæ exstat apud Othlon, l. 1, c. 32., et Nicol. Serarium, in *Epistolis S. Bonifacii martyris*, epist. CXXII, p. 168, ita scribit : « Inter cætera agrestem caballum aliquantos comedere adjunxisti plerosque et domesticum. Hoc nequaquam fieri deinceps, sanctissime frater, sinas, sed quibus potueris, Christo juvante, modis, per omnia compesce,

« et dignam eis impone pœnitentiam. Immundum est « enim et exsecrabile. » Cf. Phil. Labbei et Gabr. Cossartii S. J. presbyt. S.S. Concil. tom. VI, ad a. 731, p. 1468 et seq. Repetitum hoc mandatum a Zacharia I Pontifice ad eundem Bonifacium : Etiam fibri et lepores et *equi silvatici multo amplius vitandi*, apud Othlon., l. 2, c. 14, et Serar. *Epist.*, 142. Novimus remissum eum rigorem prohibitionum pontificiarum in leporibus aliisque animalibus olim immundis; equorum carne autem cum succedentibus etiam temporibus, et magno quidem rei familiaris detrimento, frustrati sint majores nostri, non potuit non alia causa subesse, ea scilicet quam jam attigimus. Nisi eo etiam prolabi malimus, ut perfricta fronte asseramus Pontifices maximos in rebus ad fidem pertinentibus errare posse atque alios aliis contradicere.

Gregorius II enim, antecessor Gregorii III, in *Epistola XIII ad Bonifacium*, scribit § 6 : « De immolaticiis autem « escis consuluisti, si a fidelibus superductum fuerit « vivificæ crucis signum, edi liceret, an non. Illud « sufficit respondere quod Beatus Paulus Apostolus di- « cit I. Cor. 10, etc. » (Cf. Ph. Labbe, l. c.). Ibi Apostolus de omnibus edi permittit, quia terra et omnia creata Dei sint, à solis immolatis posse (non deberi) abstineri, si alteri scandalum ea re detur. Ex iis Pontificum interdictis tamen est, quod Olaüs Ottoni Cæsari suppetias contra Danos ferens, cum rei frumentariæ et cibi inopia premerentur, atque aut discedendum esset aut equi mactandi, in sequentem modum suasit : « Hoc « primum consulo, ne quidquam a Deo prohibitum con- « sumamus, quæcumque nobis necessitas incubuerit, « apud Oddum monachum in *Vita Olaï* c. 12. p. 55. »

8. An ergo, inquis, suades ut equinam carnem culinis nostris reddamus? Non suadeo. Sunt enim, ut in omnibus, ita hic quoque errores populares et universales, quibus non nisi longum tempus medetur. Pontificum tamen decreta non improbo, quæ usum equinæ carnis TUNC TEMPORIS interdicebant. Agendum enim erat cum hominibus ut simplicibus ita veteris superstitionis tenacissimi, quibus omnis ansa ad avita deliramenta revertendi præripienda et rescindenda erat. Improbo autem modum illum veritates propagandi et pœnas exilii adjectas quæ spiritum Eliæ potius produnt quam genuinam Salvatoris viam ab apostolis tam felici eventu tritam. Scilicet veritas rationibus persuadetur, non vi metuve inculcatur. Et profecto, si modum inspicias quo majores nostri ad sacra christiana illius temporis fuere transducti, dubites certe, majorine stupiditate, aut, si mavis, simplicitate, illi susceperint sacra iis seculis pluribus fere abusibus involuta, quam ipsorum superstitio gentilis erat (*f*); an insolentior et ab omni sana ratione aliena fuerit primorum conversorum methodus veritatem divinam propagandi. Quis enim sana mente præditus non indigne ferat Eivindum maximis cruciatibus necatum fuisse, patera carbonibus ignitis repleta ventri ejus admota, ea solum ex causa, quod christianorum sacris, nescio quibus, nollet initiari? (Vide Snorronis *vitam S. Olaï Trygvonis filii*, cap 82.) et miserrimam Eivindique cruciatus multo excedentem mortem Raderi, quam non alia ex causa subiit, eodem memorante, l. c., c. 86. Olaüs rex ipse gentiles quosquos detegebat misera morte aut membrorum mutilatione ad sacra christiana adigebat, (ibid., c. 58. et 69). Idem jam ante fecerat Carolus M., in *Capitulatione de partibus Saxoniæ*, cap. VII, statuens :

« Si quis deinceps in gente Saxonum inter eos latens « non baptisatus se abscondere voluerit et ad baptismum « venire contempserit, paganusque permanere voluerit « morte moriatur. » Labb., *Concil.*, tom VII, p. 1132; apud Baluz. capitulum VIII., est., t. I, p. 252. An hoc putaveris eo Salvatoris præcepto injunctum : *Compellite intrare ?* Quo contemptu habiti sint gentiles a noviter adductis aut nomen Christi ore tantum profitentibus hominibus vix facile dictu est. Idem Olaüs, quem jam sæpius in scenam produximus, matrimonium cum Regina Sigride (cognomento Storrapa sive imperiosa) ineundum ideo disrupit, quod ea nollet ad ipsius sacra converti, *ethnicam*, inquiens, se caniculæ instar æstimare, simul chirotheca, quam manu tenebat, in faciem ejus inflicta : ibid., c. 67 (*g*). Ex eodem odio et contemptu paganorum fluit, quod injectio manus in fœminam ethnicam propter libidinem (quæ actio in lege Bajuariorum, tit. 7, c. 3. dicitur ein *Horgrift* sive *Hurengriff*) concubitus item cum tali majore pœna coërcetur, quam si talia cum christiana fœmina fuerint commissa, in *Legibus Alfredi Regis*, cap. 11. « Qui maxillas uxoris viri cujusque pagani manu « tractaverit petulanti » (de christiana fœmina nihil dis- « ponit lex, idque ferebat impune) fœminæ solidos sex « numerato. Eam si quis humi prostrarit, nec tamen « cum illa rem habuerit, X solidos pendito. Sin cum « ea coierit, IX solidorum pœna est. » In capitis æstimatione cum cædes facta erat, christianus æstimabatur duobus millibus Thrymsarum, paganus non nisi XXVI. Paganum Mertii CC. solidis æstimabant, Christianum MCC, et tanti ejus, qui MCC solidis æstimabatur testimonium valebat quantum paganorum VI. Vide *Leges Edwardi Æthelstani*. An vero hac ratione jus unicuique æque potuerit reddi, alii dispiciant. Ceteri gentiles quoad potiores partes tenebant culpam omnium calamitatum, quibus terræ premebantur, in christianos transegerant odioque implacabili erga eos ardebant, christianis frustra spiritum tolerantiæ et religionis libertatem per Symmachum inculcantibus. Origen., c. 24, in *Matth.*; S. Cyprian., initio libri ad Demetrianum; Arnob., l. 1, Tertull., *Apol.*, c. 40. Nihil tamen aut parum (cujus modi locum supra adduximus) eam ob rem a majoribus nostris motum memorant Annales gentis. Christiani autem etiam in Imperio Romano superiores facti ab ea, quam initio suaserant gentilibus animi moderatione ac concessione hujus libertatis, quam maximum bonum naturæ humanæ atque mortalibus congenitum ante asseruerant statim recesserunt par pari referentes. Vide *Novellam* 3 Theodosii. Ab eo tamen pacis studio abfuerint Galli, si M. T. Ciceroni fides habenda qui in oratione pro Fonteio, « *cæteras*, inquit, *gentes pro religionibus suis bella* « *suscipere, Gallos contra omnium religiones.* » Qui vero penitius rem inspexerit deprehendet Tullium hic causæ magis quam veritati inserviisse ad deprimendam Gallorum fidem, qui contra M. Fonteium testimonium ferebant. Nam iis, quæ eadem oratione de contemptu Deorum, perjuriis et sceleribus Gallorum in medium profert, ipse contrarius est in I *de Divinat.* De moderato certe animo gentilium septentrionalium luculentum documentum præbet Historia Olaï Regis Suecorum Christiani qui regnavit anno 980. post natum Christum cognomentoque *Skaut-Konung* dicitur. Is subditos sibi populos ad christianam volens convertere fidem, magno laboravit studio, ut templum Upsala, quod in medio Sueoniæ situm erat, destrueretur. Cujus intentionem pagani metuentes placitum cum

Rege instituerant, ut, si ipse christianus esse vellet, optimam Suediæ regionem quam vellet, suo jure teneret, in qua, Ecclesiam et christiana sacra constituens, nemini de populo vim recedendi a cultura Deorum inferret nisi qui sponte ad Christum vellet converti. Hujusmodi rex placito gavisus, mox in Occidentali Gothia quæ Danis proxima est vel Normanni Ecclesiam Deo sedemque fundavit episcopalem. Cf. *Job. Schefferi Upsal.* cap. II. O utinam christiani nostri ex hac gentilium indole multum hausissent! Non tanto sanguine Germaniæ concussæ stetisset Pax Westphalica; non Inquisitionum sanctarum barbara nomina exulante charitate christiana exaudirentur, neque inhumanæ voces, hereticis nullam fidem esse servandam, etc. Non tantæ calamitates sub Christiano I. Electore Saxoniam suis pene ruinis involvissent, nec Crelliana causa secus quam par erat discussa posset credi. Reddita fuissent Bohemiæ sacra puriora seculo abhinc elapso; introducta Coloniensi ditioni anno 1582, et seq. Neque ea christianorum societas, quæ maxime provocat ad rectæ ac genuinnæ rationis usum, maculam sibi inussisset Serveti supplicio, neque Barneveldiana causa et Synodus Dortracena ancipiti defensione hærerent, etc. Credas de nostra etiam ætate cani quod habet Juvenalis de Ægyptiis :

Summus utrimque
Inde furor vulgo, quod numina vicinorum
Odit uterque locus cum solus credat habendos
Esse Deos, quos ipse colit. (XV, 36 et seq.)

An igitur religio tantum suadet malorum? Minime. Christi certe lex nulla exstat, quæ eum agendi modum præscribat. Aliunde igitur origo tantorum malorum derivanda, scilicet aut ab ambitione ac perverso desiderio jugum conscientiis etiam imponendi, quod speciosa zeli divini larva tegitur ; aut ab invidia alienæ prosperitatis et cupiditate bona accumulandi. Fuerunt equidem hæc animorum prava desideria a primis incunabulis peccati originalis, quæ totum genus humanum peste sua invasit ; non tamen eæ fuerunt occasiones aut tentationes majoribus nostris bona temporalia et divitias amplificandi, ut gentibus simplici vitæ rationi neque adeo insatiabili avaritiæ assuevit. Imperium in laicos æque illis temporibus sibi asserebant Druides, quam nostris, et efficacissimum illud obtinendi medium, sacrorum interdictio, animos simplicis plebis nimium quantum fascinaverat. Sed :

Claudite jam rivos, pueri, sat prata biberunt. Virg.

ADDENDA

(A) Pelles equinas etiam apud nos hactenus fere neglectas fuisse, mirantur qui egregium quem Turcis præstant usum, bene norunt. Ex iis enim recte subactis, intersperso sinapis semine, illud pellium genus, quod ad nos magna copia advehitur atque *Chagrin* adpellatur, confici constat.

(B) Ad equorum cultum et honorem etiam pertinet veneratio in qua cauda equina (der Rosz Schweiff) tanquam præcipuum signum militare hodiernum Turcis est. Hoc quidquid est superstitionis e Bulgarorum moribus in suos transtulere Mahomedis asseclæ, quos a gentium devictarum institutis non abhorruisse supra aliquoties adnotavimus. Bulgaros autem e Septentrione patriaque veterum Scytharum effusos fuisse convenit inter omnes. Eorum hac arte superstitionem improbat Nicolaus I. in responsis modo allegatis, § 13, appud *Labbeum*, p. 528: « Quando prælium inire soliti eratis, indicatis vos hac« tenus in signo militari caudam equi portasse, et scis« citamini quid nunc vice illius portare debeatis; quid « aliud utique, nisi signum sanctæ crucis ? » Capitis etiam ornamentum nunc Mahomedis asseclis peculiare (ein Turckischer Bund), Bulgaris originem suam debere ex § 66, responsorum eorumdem elicio : « Græcos « prohibère vos asseritis cum ligatura lintei, quam in « capite gestatis, Ecclesiam intrare ; quod nos quoque « similiter non abs re forsitan inhibemus : nam sæpe « memoratus ac semper memorandus Apostolus Paulus « ait : Omnis vir orans, prophetans velato capite, de- « turpat caput suum. Et iterum : Vir quidem non debet « velare caput, quoniam imago (1) est Dei (2), quod « enim de velamine dici, etiam de ligaturæ volumine de- « bet, credimus, observari. » Apud Labb., p. 539.

(1) et gloria.

(2) Cor. xi, 4 et 7.

NOTES

(*a*) Scilicet cessante ratione legis cessat lex ipsa. Equidem non omnium legum Israeliticarum rationes in promptu nobis sunt inopia antiquitatum tum populi electi ipsius, tum vicinorum; dubium tamen non est, scopum plerorumque præceptorum, quorum rationem lumen naturæ ignorat, fuisse, ut populus fidelis a vicinarum gentium moribus ac idolatria magis magisque alienaretur.

(*b*) Devota enim fuisse, quæ bello ceperant, memorat Cesar, lib. 6, et Atheneus, lib. 9, c. 16; Proc., l. 2, *Gothic.*, p. 233, et Tacitus, *Ann.* 13. « Sed bellum Hermunduris prosperum, Cattis exitio fuit, quia victores diversam aciem Marti ac Mercurio sacravere; quo voto EQUI, viri, CUNCTA VICTA occidioni mandantur. » Legunt nonnulli h. l. *cuncta viva*, alii melius, *cuncta victi*, quæ scilicet hostis fuerant. Id an ex imitatione inconsulta populi Israelis factum sit, non ausim affirmare. Certe 1, *Sam.*, 15, 3. Samuel Sauli adversum hostes proficienti ait : « Occidioni dabitis omnia quæ ipsius sunt. » Nec de animatis tantum hæc verba debuisse intelligi, inde elucet, quod v. g. haud obscure indicatur, vestes etiam devotorum eis comprehensas. Cl. Jos , cap 6-7.

(*c*) Och der war slactat *nod* oc heste, *nood* sive *not* lingua Suecorum *bovem* proprie notat. Inde in versione sueonica Gen 41, v. 18 : « Et ascendebant de flumine septem *not* (i. e. boves) pingues carne et pulchræ forinâ. »

(*d*) Unde nomen pinguedini lacteæ etiam *flot*, et placentis in superiore Saxonia, *Fladen*, *Osterfladen*, quas festis diebus matres familias conficiunt.

(*e*) Lac etiam amabant gentes nonnullæ. Unde Maro, III, *Georg.*, de Bisaltis et Geloniis :

Bisaltæ quò more solent, acerque Gelonus,
Cum fugit in Rhodopen atque in deserta Getarum
Et lac concretum cum sanguine potat equino.

De Bulgaris Ennodius, *Panegyr. ad Theodero. regem* : « Dum credunt satis esse ad delicias equini pecoris lac potare. » De Sarmatis Martialis :

Venit et epoto Sarmata pastus equo. Liv. I.

(*f*) Juvabit in fidem dictorum ea solum in medium afferre, quæ furente tempestate maritima a Sigurdo Episcopo perpetrata memorat Snorro Sturlesonius, in *Historia Regis Olavi Tryggwonis filii*, cap. 86. Ille enim sacra indutus stola in proram navis procedebat, accensisque luminibus ac cereis, thure sacro quaquaversum fumigabat, quin etiam crucis imagine in altum erecta Evangelii recitavit pericopam, precibusque ac supplicationibus Deum obsecravit, ad hæc sacratæ aquæ adspergine cuncta lustrans. Cf. Oddum monachum, in *Vita S. Olai*, c. 33, p. m. 123. Jam finge tibi ethnicum talia peculso animo intuentem, an alia re, quam ceremoniis Christianorum sacra absolvi putaverit? Præcipue cum sacra peragerentur sermone incolis et auditoribus peregrino An. miraberis Islandos ea solum ex causa ad missam frequenter confluxisse, ut musicam audirent concentum et campanarum sonitum, quod habet Snorro Sturlesonius l. c., cap. 88, testis, si quisquam, satis idoneus? Olaum sanctum etiam (hoc nominis favore et pietate in clerum consecutus erat) solo attactu morbis inveteratis medelam attulisse, hominem alias dubiæ pietatis, quis persuadere poterat gentilibus? Et hoc tamen affirmat Snorro *Konung Olaf Helges Haraldsons Saga*, cap. 200.

(*g*) Gentiles contra ob dissensum circa sacra nec conjugalem amorem nec filiorum pietatem tolli debere existimabant, quod patet ex inscriptionibus sepulcralibus runicis quas exhibet Verelius, *Not. ad Hervarar Saga*, p. 101.

DE L'USAGE

DE

LA VIANDE DE CHEVAL

COMME ALIMENT.

On a vu, dans la dissertation de Keysler, que l'usage de la viande de cheval fut prohibé dans les pays septentrionaux. Nous ne trouvons rien de pareil dans les Capitulaires ou les Ordonnances de nos rois, et tout porte à croire que nos ancêtres s'en servirent très-longtemps. A quelle occasion fut-elle interdite, on ne saurait le dire. En 1739, pour la première fois la police interdit à Paris la vente de la chair de cheval. L'ordonnance du 11 septembre rappelle que cette défense existait depuis longtemps; celles du 19 mars 1762 et du 31 mars 1780 prouvent qu'on faisait usage, à ces deux époques, de la chair de cheval, et que l'autorité cherchait par toutes les voies possibles les moyens de l'empêcher. Dans un règlement de police du 28 juin 1404, il est parlé « *de l'écorcherie des chevaux qui est au-dessous du castel du Louvre;* » une autre existait derrière le *Grand Pont* (ordonnance de Charles VI, 13 mars 1416), *près les boucheries qui se trovaient dans le voisinage* et qu'on devait transporter hors Paris, « *près et environ des Tuilleries Saint-Honoré, qui sont sur la rivière de Seine, outre les fossés du bois du Louvre.* » A cette époque, on ne connaissait pas les voitures, chacun avait ses chevaux ou sa mule, ce qui fait que le nombre en était considérable. Lorsque l'empereur Charles IV vint à Paris, en 1378, le prévôt des marchands et les échevins, accompagnés de *quatre mille* bourgeois, *tous à cheval*, vinrent à sa rencontre sur la route de Saint-Denis. Comment admettre qu'on ne livrât pas à la consommation une partie de la chair de ces animaux? En 1784, on renouvela les ordonnances précitées « *pour prévenir les maladies que l'usage de pareilles chairs ne pouvait manquer d'occasionner.* » Le célèbre Thouret, depuis doyen de la Faculté de médecine, voulut la restreindre à la nourriture des chiens. Un de ses collègues, Huzard, auteur lui-même d'un remarquable rapport, affirmait en 1825 que pendant six mois de l'année les habitants de Paris avaient été nourris, durant la crise révolutionnaire, de la viande de cheval, « *et qu'il n'en résulta pas le moindre inconvénient, même pour ceux qui en firent un usage continuel.* En 1803, elle fut de nouveau employée comme aliment, puis abandonnée en fructidor, sur plaintes régulières. En 1811, dans des quartiers populeux (Halles, Saint-Marceau, rues de la Mortellerie, du Plâtre-Saint-Jacques, de la Huchette, Saint-Victor, etc.), on saisit des masses considérables de cette viande, de 100 à 400 kilogrammes, chez des particuliers. Le préfet de police, M. Pasquier, craignant une épidémie, consulta le conseil de salubrité, qui, favorable sur la plupart des questions, demanda un lieu particulier de débit en ville, sous la surveillance de l'autorité compétente ; ce qui se pratique aujourd'hui. Le rapport est signé Pariset, Parmentier, Cadet-Gassicourt. Le 24 août 1811, défense de *vendre de la chair de cheval*, contrairement aux conclusions de ce rapport. On se relâcha de cette sévérité. En 1814, 1816, 1817, on autorisa des individus, pourvus d'une permission spéciale, à introduire dans Paris de la viande de cheval pour nourrir leurs animaux. En 1830, l'un d'eux, adjudicataire de la fourniture du Muséum, livrait à la consommation des masses énormes de cette viande. En 1832, avec le fléau du choléra, revinrent les appréhensions de propager l'épidémie. Par contre, un hygiéniste célèbre, Parent-Duchatelet, qui a fait des études approfondies sur la matière, ne s'explique pas (et cependant il cite Keysler) les répugnances de la population et les appréhensions de l'administration, qui est entrée aujourd'hui dans d'autres errements; néanmoins il conclut son rapport en constatant que la *consommation de la viande de cheval est considérable dans Paris*, *qu'elle y est ancienne*, *et qu'on pourrait la considérer comme étant devenue une nécessité.* Il convient lui-même en avoir souvent mangé, telle qu'elle était préparée par les équarrisseurs et pour eux-mêmes, et « *nous ne saurions disconvenir*, dit-il, *que cette espèce de viande ne soit très-bonne et très-savoureuse.* » Keysler ne disait pas autre chose un siècle auparavant. « Ce que nous venons de rapporter, ajoute-t-il quelques pages plus loin, prouve d'une manière incontestable l'emploi que l'on fait de la chair du cheval, la bonté de cette nourriture, l'impossibilité d'en empêcher l'usage, et la nécessité d'en régulariser le débit. Nous ne sommes plus d'accord avec lui, quand il ajoute qu'il est *persuadé qu'à l'aide de préparations convenables, on pourrait en tirer un très-grand parti pour la nourriture* DES PAUVRES ET DES DÉTENUS. Pourquoi cette restriction? Parce qu'elle sera moins chère? Soit. Maïs, comme substance alimentaire, elle est aussi appropriée à l'estomac d'un savant qu'à celui d'un ouvrier; elle a une pesanteur spécifique d'un tiers supérieure à celle du bœuf. Nous aurions mauvaise grâce d'attaquer ces questions traitées avec talent par des hommes spéciaux : Geoffroy Saint-Hilaire, Blatin, Bourguin, Decroix, etc. Revenons aux faits historiques et invoquons des autorités irréfragables. Le baron Larrey, que nous ne pouvons citer que par extraits, s'exprime ainsi : « La chair du cheval peut servir à la confection de la soupe, ou être employée en grillades et bœuf (lisez cheval) à la mode, avec l'assaisonnement convenable; le foie, préparé comme celui des bêtes à cornes, en est même plus délicat... La chair des chevaux est la principale nourriture des peuples de la Tartarie asiatique. J'en ai fait moi-même faire usage fort souvent avec le plus grand succès aux soldats et aux blessés de nos armées, dans les campagnes du Rhin, de la Catalogne et des Alpes-Maritimes, surtout pendant le siége d'Alexandrie d'Égypte, où elle a non-seulement conservé la vie aux troupes qui ont défendu cette ville, mais encore puissamment concouru à la guérison et au rétablissement des malades... Après la bataille d'Eylau, pendant vingt-quatre heures j'ai dû en nourrir mes blessés... Dans l'île de Lobau, pendant trois jours, je nourris une partie de l'armée et trois mille blessés avec des chevaux... La cuirasse pectorale des cavaliers démontés ou blessés servait de marmite pour la coction de cette viande, et au lieu de sel, qui faisait défaut, elle fut assaisonnée avec de la poudre à canon. Là, je donnai également l'exemple par le sacrifice de mes chevaux, et je fis usage de cette même nourriture, avec cette différence que j'avais pu conserver du sel et un peu de biscuit, qui me servit à faire de la soupe. Le maréchal Masséna, commandant en chef de ces troupes, se trouva fort heureux de partager mon repas, et en parut très-satisfait. »

L'excellent homme se reprochait d'user de sel, quand il n'en avait pas à donner à tous les malades, il était prêt à plaindre le défenseur de Gênes, qui, en 1800, se serait contenté d'un ordinaire composé de bouillon, de bouilli et de rôti de cheval.

« Ainsi, continue le Dr Larrey, l'expérience démontre que l'usage de la viande de cheval est très-convenable pour la nourriture de l'homme ; elle me semble surtout très-nourrissante, parce qu'elle contient beaucoup d'osmazôme. Le goût en est également agréable... Pourquoi, ajoute ce chirurgien célèbre, ne pas tirer parti, pour la classe indigente et pour les prisonniers, des chevaux que l'on tue tous les jours à Paris? »

Quel est le militaire, en Afrique, en Crimée, en Italie, pour ne parler que des dernières années, qui n'en a pas mangé et dans de mauvaises conditions : cheval fatigué et mal préparé ? On pourrait citer bien des faits qui passeraient pour des mystifications, s'ils ne servaient à détruire des préjugés. Le cheval est herbivore, par lui-même il n'a rien de répugnant. (Le cheval n'est jamais atteint par l'épizootie qui a régné ces derniers temps sur les animaux dont la chair est la base de l'alimentation publique, ce qui le recommande suffisamment.) De tout temps, il est entré, comme viande, dans toutes les préparations de la charcuterie. Depuis plusieurs années les travaux et les exemples d'hommes recommandables par leur science et leurs talents ont amené une révolution dans l'opinion publique ; je ne citerai qu'Isidore Geoffroy-Saint-Hilaire, pour n'avoir pas à parler des vivants. Un comité s'est réuni, des souscriptions et des publications spéciales ont été faites, des banquets ont eu lieu, des boucheries ont été autorisées et surveillées par l'administration, et ont éclairé les populations. On vendait déjà de la viande de cheval à Hambourg, à Vienne, à Berlin; Londres a eu ses banquets à l'instar de ceux du Grand-Hôtel (6 février 1865), de la maison Lemardelay (9 juillet 1866) : la glace est rompue. Aux esprits prévenus nous dirons : « Venez, voyez et goûtez. » A ceux qui s'obstineraient encore, nous rappellerons ce passage d'un contemporain qui devait parler par expérience : *Une mauvaise alimentation engendre de mauvais estomacs, et les mauvais estomacs font les mauvais caractères. L'intolérance est fille des faux dieux et des digestions embarrassées.* A ceux-là surtout nous recommandons l'usage de la viande de cheval.

5478. -- Paris, imprimerie JOUAUST, rue Saint-Honoré, 338.

OCCVPA PORTVM

IOV AVST

www.ingramcontent.com/pod-product-compliance
Lightning Source LLC
Chambersburg PA
CBHW070810260626
47161CB00006B/2225
9782019608347